LAP

GALLINAS DE AQUÍ PARA ALLÁ

Escrito por Pam Pollack y Meg Belviso
Ilustrado por Lynn Adams
Adaptación al español por Alma B. Ramírez

Kane Press, Inc.
New York

Book Design/Art Direction: Roberta Pressel

Library of Congress Cataloging-in-Publication Data

Pollack, Pam.
    [Chickens on the move. Spanish]
    Gallinas de aquí para allá / escrito por Pam Pollack & Meg Belviso ; ilustrado por Lynn Adams.
    p. cm. — (Math matters en español)
    Summary: Tom, Anne, and Gordon learn about shape and measurement when they try to find the right spot for their chicken pen.
    ISBN-13: 978-1-57565-268-9 (alk. paper)
    [1. Shape—Fiction. 2. Measurement--Fiction. 3. Chickens—Fiction. 4. Spanish language materials.] I. Belviso, Meg. II. Adams, Lynn, ill. III. Title.
    PZ73.P565 2007
    [E]—dc22

                                       2007026580
                                             CIP
                                           AC

10 9 8 7 6 5 4 3 2 1

First published in the United States of America in 2002 by Kane Press, Inc.
Printed in Hong Kong.

MATH MATTERS is a registered trademark of Kane Press, Inc.

www.kanepress.com

—¡Tom! ¡Anne! ¡Gordon! —llamó la Sra.
Dunne—. ¡El abuelo está aquí! ¡Tiene una
sorpresa para ustedes!

—¿Qué es, mamá? —preguntó Anne.

—¡Miren! —dijo su hermano Tom—.
¡Gallinas!

—¿Son mascotas? —preguntó Gordon—.
¿Para nosotros?

Las gallinas erizaron sus plumas y
empezaron a cacarear.

CONSTRUIR un GALLINERO
TAN FÁCIL
COMO CONTRA A 3

24 PIES

—Claro que sí —dijo el abuelo—.
Y tendremos huevos frescos cuando queramos.

—¿Dónde vivirán? —preguntó Gordon.

—Voy a construirles una casa —dijo el
abuelo—. Ustedes pueden hacerles un gallinero.
Eso es como un jardín con un cerco alrededor.

5

—¿Dónde podemos poner el gallinero? —dijo Anne.

—¿Qué les parece cerca de las hortalizas del abuelo? —dijo Tom—. ¿O arriba en la colina?

—Hay que ponerlo junto a la casa —dijo Anne—. Así podremos ver a las gallinas todo el tiempo, aún cuando estemos adentro.

—¿Podrían quedarse en mi cuarto?
—preguntó Gordon.

Anne y Tom sonrieron.

—Creo que no —dijo Tom.

Llevaron el cerco a un lado de la casa.

—Yo lo desenrollaré —dijo Anne.

—Yo trabajaré en los postes —dijo Tom.

—Yo les hablaré a las gallinas —dijo Gordon.

9

3   3

9

Cuando terminaron, tenían un rectángulo largo y angosto. Medía 9 pies de largo y 3 pies de ancho.

—Es el gallinero más angosto que jamás he visto —dijo el abuelo.

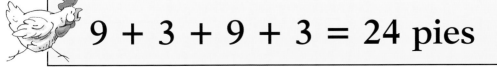

9 + 3 + 9 + 3 = 24 pies

El abuelo puso las gallinas dentro
del gallinero y éstas empezaron a
caminar de aquí para allá, cloqueando y
picoteando el pasto.

—Aún quisiera que se quedaran en mi
cuarto —dijo Gordon.

—¡Llamando a Gordon desde la Tierra! —dijo Tom—. ¡Las gallinas no son mascotas para dentro de la casa!

—Tienen que estar en un gallinero —dijo el abuelo—. Un gallinero afuera.

—Además —dijo Anne—, mira qué felices están. Les gusta estar aquí afuera.

—*Cloc, cloc, cloc* —dijeron las gallinas.

Antes de irse a la cama, Gordon miró por su ventana.

—Buenas noches, gallinas —gritó.

Tom y Anne también se asomaron a sus ventanas.

—Que duerman bien, gallinas —les dijo Anne.

—No dejen que les piquen los mosquitos
—les dijo Tom.

Las gallinas no contestaron. Ya estaban
dormidas.

"Cloc, cloc, cloc", fue lo primero que oyó Gordon a la mañana siguiente. Corrió afuera.

Mamá y papá ya estaban allí. También el abuelo, Tom y Anne. Nadie parecía contento.

—Yo pensaba que las gallinas eran silenciosas —dijo Anne.

—Ahora me alegro de que no se hayan quedado en mi cuarto —dijo Gordon.

—Quizás deberíamos ponerlas junto a las hortalizas del abuelo —dijo Tom.

—Así no nos despertarían —dijo Anne.

Esta vez hicieron un gallinero más ancho.
Les tomó más tiempo del que habían pensado.
¡Lo más difícil fue atrapar a las gallinas!
—Tal vez sean gallinas de carreras —dijo
Tom, jadeando.

8

4   4

8

"Ahora me da mucho gusto de que no
se hayan quedado en mi cuarto", pensó
Gordon. "Habría plumas por todas
partes".

$$8 + 4 + 8 + 4 = 24 \text{ pies}$$

Un poco más tarde, el abuelo decidió regar sus hortalizas. Regó los tomates, los ejotes y las calabazas. También roció a las gallinas.

—¡Epa! —dijo el abuelo.

—Creo que a las gallinas no les gusta mojarse —dijo Gordon.

—Es mejor que pongamos el gallinero
lejos de las hortalizas —dijo Anne.

—Quizás debamos llevarlas a la colina —dijo Tom.

—Lejos de las hortalizas —dijo Anne.

—Y de la casa —dijo Gordon.

En lo alto de la colina, hicieron un gallinero cuadrado que medía 6 pies en cada lado.

6

6

6

6

—Ahora las gallinas tienen más
espacio para jugar —dijo Anne.

—No las mojarán —dijo Gordon.

—Y no nos despertarán —dijo Tom.

—Tal vez les guste estar aquí —dijo
Anne.

 6 + 6 + 6 + 6 = 24 pies

A la mañana siguiente, el abuelo dijo:
—¡Oigan, niños! Revisen el gallinero.
Podría haber una sorpresa.

Tenía razón. Había tres huevos.
—Uno para cada uno —dijo Tom.
—Yo los llevaré —dijo Gordon.
—Con cuidado —dijo Anne.

Gordon trató de tener cuidado, pero
se tropezó y tiró los huevos. Los huevos
empezaron a rodar.

—¡Atrápenlos! —gritó Tom, pero los huevos rodaban muy rápido. Rodaron colina abajo y cayeron en el estanque.

Tom sacó los huevos del estanque. —Qué
bueno que no se quebraron —dijo.

—Uno es más chico que los otros —dijo
Anne.

—Es un huevito gracioso —dijo Gordon.

—Vamos a llevarlos a la casa —dijo Tom.

—Y vamos a beber algo —dijo Gordon—.
Tengo sed.

—Es mejor que encontremos otro lugar para las gallinas —dijo Anne—. Tardamos mucho en subir y bajar la colina.

—¡Especialmente si me tropiezo! —dijo Gordon.

—Ya probamos cerca de la casa, probamos a un lado de las hortalizas y en lo alto de la colina —dijo Tom—. ¿Qué nos queda?

Dieron una vuelta alrededor del jardín.
Anne se detuvo entre el manzano y la cochera.
—Intentemos ponerlo aquí —dijo.

A pesar de un gran esfuerzo, el gallinero no cupo.

—Y, ¿ahora qué? —dijo Tom.

—¿Es necesario que un gallinero tenga
cuatro lados? —preguntó Gordon.

Tom y Anne lo pensaron seriamente. —No
—dijeron.

—Entonces, ¿por qué no lo hacemos de tres
lados? —dijo Gordon.

—¿Por qué no pensamos en eso antes? —dijo
Anne.

27

Las gallinas exploraron su nuevo espacio.

—¡Les gusta! —dijo Gordon.

—Cada una tiene su propia esquina
—dijo Tom.

8

8

8

—Es perfecto —dijo Anne.

—Ya tengo hambre —dijo Gordon.

—Con razón —dijo Tom—. No hemos desayunado.

—Vamos —dijo Anne.

$$8 + 8 + 8 = 24 \text{ pies}$$

—¿Gordon, quieres el huevo chico? —preguntó la Sra. Dunne.

—Bueno —dijo Gordon, mirando atentamente al pequeño huevo. De pronto, el huevo comenzó a mecerse de aquí para allá y se partió.

Una pequeña tortuga asomó su cabecita.

—¡Mamá! —chilló Gordon. —¿Me puedo quedar con ella?

—¿Dónde la pondrás? —preguntó la Sra. Dunne.

—En mi cuarto —dijo Gordon.
Ya lo tenía todo listo.

GRAFICA DEL PERÍMETRO

La distancia alrededor de una figura se llama **perímetro**.

Para encontrar el perímetro, puedes sumar la longitud de los lados de una figura.

Gordon dice que el perímetro de cada figura mide 24 pies. ¿Está en lo correcto? ¿Cómo lo sabes?

1. 8 pies 4 pies ☐ 4 pies 8 pies	**2.** 6 pies 6 pies ☐ 6 pies 6 pies
3. 8 pies △ 8 pies 8 pies	**4.** 9 pies 3 pies ☐ 3 pies 9 pies
5. 7 pies 5 pies ☐ 5 pies 7 pies	**6.** 5 pies 5 pies 2 pies 8 pies 4 pies